おはなし日本文化

雅楽《ががく》

ひなまつりの夜の秘密《ひみつ》

戸森《ともり》しるこ 作　松成真理子《まつなりまりこ》 絵

講談社

1　翔《しょう》の春休み

そば屋に入ると、うちのおとうさんはなぜかカレーライスを注文することが多い。そば屋なんだから、ふつうはそばをたのむだろ、と思うけど。

「そば屋のカレーって、うまいんだよ。ダシがいいんだろうな」

「へぇ、そうなの」

ひとくちもらうと、たしかにふつうのカレーよりもおいしいような気もした。「ふつうのカレー」って、つまりうちの、大島《おおしま》家のカレーのことをぼくはイメージしたんだろうか。それとも給食か。だとしたら、あまりいいほめ方じゃないよなぁ。なにごとも、比《くら》べるのはよくない。うちのカレーにはうちのカレーの、給食のカレーには給食のカレーのよさがある。

ぼくが注文したのは、山菜そばだ。
山菜そばに入っている、たけのこの
輪切りみたいな具材が好きなんだ。
「それは姫《ひめ》タケノコだ。
タケノコっていっても竹じゃなくて、
笹《ささ》の若芽《わかめ》なんだよ」
「へぇ、そうなの」

雑誌《ざっし》の編集《へんしゅう》の仕事をしているおとうさんは、すごくものしりで、ぼくはいつも「へぇ、そうなの」とばかりいっている。

高速道路のサービスエリアのそば屋で、お昼ご飯をすませたら、出発だ。ぼくたちはおじいちゃんの家にむかっている。

ここはすごく大きくて人気のあるサービスエリアで、レストランがいくつも入っている。レストランだけじゃなくて、展望台《てんぼうだい》があったり、ドッグランがあったり、もちろんお土産《みやげ》売り場だってすごく広い。何時間でもたのしめそうだ。このサービスエリアに遊びに来るために、わざわざ高速道路に入ってくる人たちもいるらしい。

そのレストランの中からぼくたちがそば屋を選んだわけは、カレーが食べたかったわけでも、山菜そばが食べたかったわけでもなくて、単純《たんじゅん》にいちばんすいていたからだ。そのとなりのイタリアンレストランには、長い行列ができていた。ぼくだって本当は、山菜そばよりもピザのほうが好きだ。

「悪いな。夕方にはもどらないといけないから」

「べつに、そばも好きだし、いいよ」

「あとでソフトクリームを買ってもいいぞ」

「それはいいよ。ぼく、甘《あま》いものはそんなに好きじゃないんだって。甘《あま》いのが好きなのは、ぼくじゃなくて翼《つばさ》だろ」

「そういうわけにはいかんだろ。サービスエリアに寄《よ》ったら、ソフトクリームを食べなきゃいけないんだ」

「なにそれ。どこの常識《じょうしき》？」

「おとうさんの常識《じょうしき》だ」

つまり食べたいんだな。しょうがない、つきあってやろう。

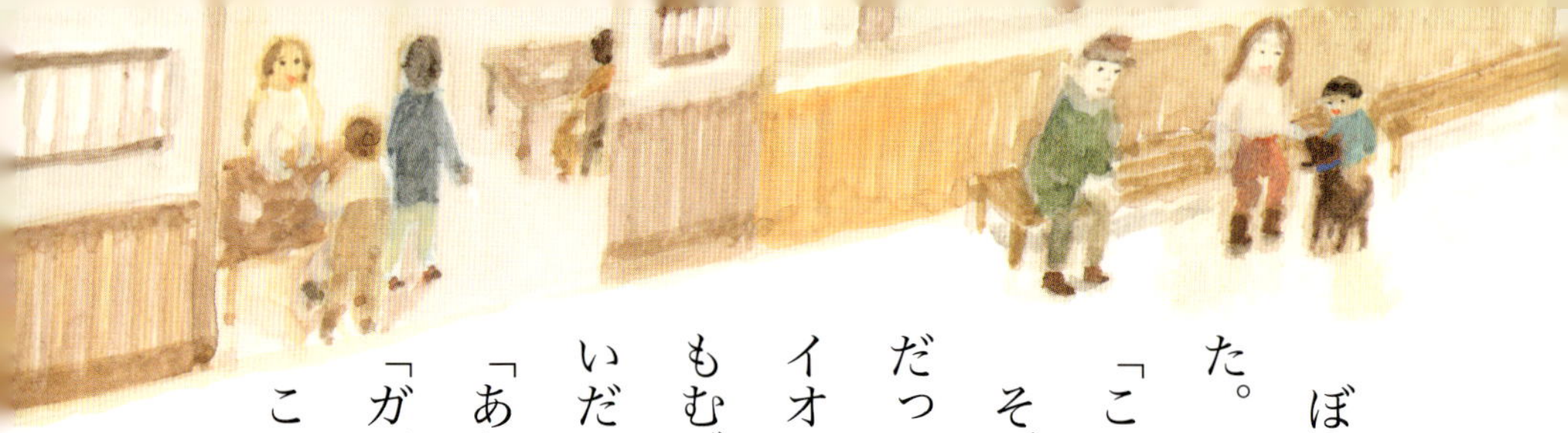

ぼくたちは、そば屋を出て、ソフトクリームスタンドを目指すことにした。そのとき、ぼくはふと気がついた。

「この音楽、なんていうの？」

そば屋の中で流れていた音楽は、お正月っぽい感じがして、すごく日本的だった。どんな楽器が使われているんだろう。ピアノとか、ギターとか、バイオリンとか、そういう楽器とは違《ちが》うと思う。歌のない音楽で、メロディーもむずかしかった。同じように歌ってみてといわれても、きっと口ずさめないだろう。どことなく宇宙《うちゅう》っぽいような、ふしぎな音楽だった。

「ああ、これは雅楽《ががく》だな」

「ガガク」

ここは、「へぇ、そうなの」とはいえない。なんだっけ、ガガクって。

そば処
カレーライス
あります

「日本の古典音楽だよ。雅《みやび》な音楽と書く。音楽だけじゃなく、舞《まい》もあるんだったか。音楽の授業《じゅぎょう》で習うんじゃないか？」

おとうさんはそういってから、ハッとしたように口をつぐんだ。

いや、べつに気にしてないし。

たしかにぼくは、最近学校に行けていないけど。

おとうさんがよけいなことをいったせいで、ぼくはソフトクリームという気分ではなくなった。学校を休んでいる日に食べていいものではないような気がしたからだ。ソフトなクリームなんて、ちょっと浮《う》かれすぎというか。もしかしたら、どら焼きとかおまんじゅうとかだったら、食べていたかもしれない。ずっしりしていて重い感じで、ソフトクリームよりは、まだふさわしいような気がする。

おとうさんは運転席で、うす緑色のソフトクリームをもくもくと食べている。

抹茶《まっちゃ》味だろうか、わさび味だろうか。

食べ終わるまで、出発できない。


おじいちゃんに会うのは、四年生の夏休みぶりだ。この前の夏は、塾《じゅく》の夏期講習《こうしゅう》と家族旅行で忙《いそが》しかったから、遊びに行けなかった。だから、一年半ぶりということになる。季節外れに訪《おとず》れたぼくを、

「三月いっぱいは、ゆっくりしていくといいよ」

といって、おじいちゃんはこころよく招《まね》き入《い》れてくれた。だけど、三月いっぱいは、ということは、四月になったらもどれ、という意味かと思うと、微妙《びみょう》な気分になった。そうすると、あとひと月もないわけだ。

「おとうさん、よろしくお願いします。自分のことはなるべく自分でさせてください」

「はいよ。わざわざいわなくたって、翔なら自分のことは自分でやるよな」

ぼくはあいまいにうなずいた。

なんだかプレッシャーをかけられているみたいで、居心地《いごこち》が悪い。おじいちゃんのことは好きだけど、こういういい方をするから、たまに緊張《きんちょう》するんだ。おじいちゃんは、ちょっと厳《きび》しい顔つきをしていて、身長も高くて、全体的に頑丈《がんじょう》な雰囲気《ふんいき》のする人だと思う。

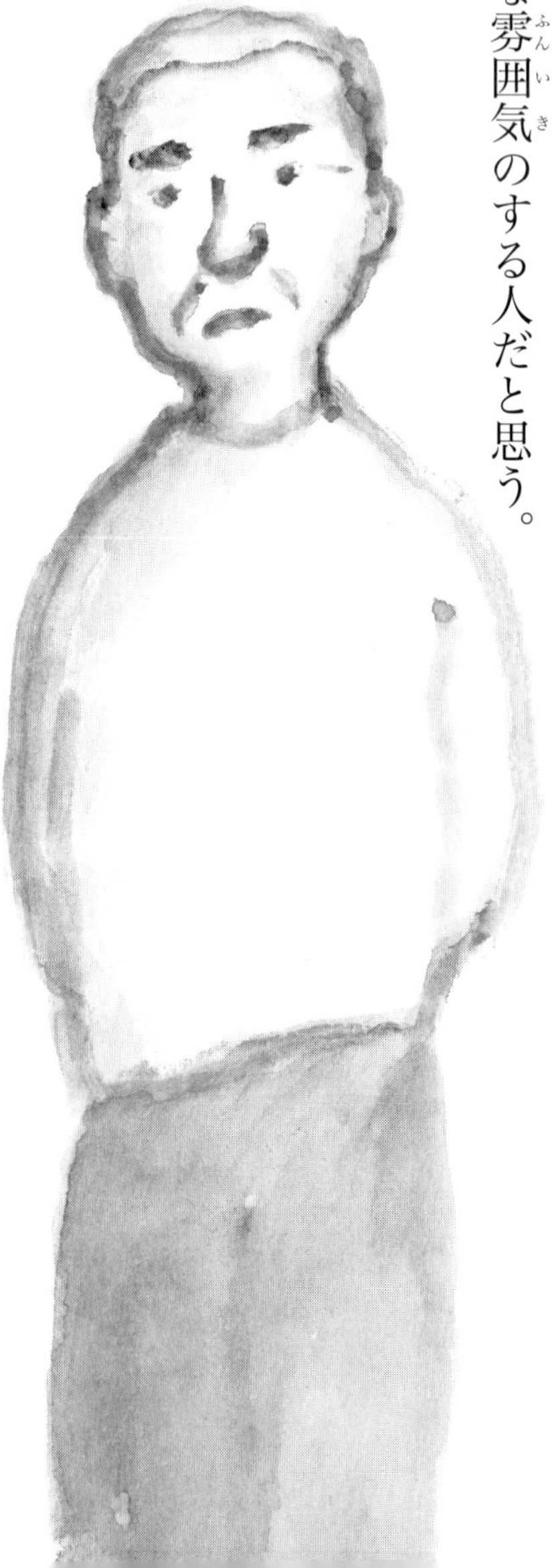

おじいちゃんは、ぼくのおとうさんのおとうさんではなく、ぼくのおかあさんのおとうさんだ。

ちなみに、ぼくのおかあさんは、中学校の先生をしていて、今の季節、会社員のおとうさん以上に仕事が忙《いそが》しくて、今日は来ることができなかった。年度末だから、いろいろたてこんでいるのだ。

「ひとりで暮《く》らすには広すぎる家だから。翔がいてくれたら、わたしはうれしいよ」

おじいちゃんはそういった。それはもちろんおじいちゃんの本音だと思うし、そうじゃなきゃぼくは来なかったけど、なんだかちょっとピンとこないっていうのも事実だ。たぶん、おじいちゃんの「厳《きび》しい顔つき」が原因《げんいん》だな。

この家のおばあちゃんは、ぼくが生まれるよりも前に病気で亡《な》くなった。だから、おじいちゃんは今、この大きな家にひとりきりで暮《く》らしている。

「広いってほどでもないのよ。いなかだからね。土地が安いだけなの」
おかあさんはそんなふうにいうけれど、東京の小さなマンションで暮《く》らし
ているぼくからすれば、お屋敷《やしき》といってもいいような広さだと思う。和風の
家で、一階は、うちのマンションにはない畳《たたみ》の部屋ばかりだった。だけど、
ぼくは正直、畳《たたみ》の草っぽいにおいがあまり好きではなかったりもする。
二階は洋室で、おかあさんが子ども時代に
使っていた部屋もある。「二階はだめ」と
事前にくぎをさされていたこともあり
（何か見られるとまずいものがあるらしい）、
ぼくは一階の和室のひとつを借りることになった。
でも、この家って、
広くてなんだか怖《こわ》いから、寝《ね》るときは

おじいちゃんの部屋で一緒《いっしょ》に寝《ね》させてもらおう。
それにしても、いつ来ても長い廊下《ろうか》だ。
小さな子どもは走りたくなるだろうな。
ぼくももっと子どものころは、夏に遊びに来て、
弟の翼と一緒《いっしょ》に走りまわっていた。
それに、縁側《えんがわ》もある。
おかあさんは、こんなに広い家に
ずっと住んでいたのに、どうしてあんなに
小さな家で満足しているのだろう。
ふしぎだ。あ、でも、広い家は、
そのぶん掃除《そうじ》が大変かもしれないな。

「じゃあ、おとうさんは帰るぞ」

声をかけられて、ぼくは一瞬《いっしゅん》、「ぼくも帰る！」といってしまいたい気分になったけれど、もちろんいわない。

「しっかり……、いや、ゆっくりな」

「うん」

「食事と睡眠《すいみん》はちゃんととるんだぞ」

「はい」

そう、ぼくは「心が疲《つか》れている」のだから、しっかりゆっくりしなくてはいけない。それが、人よりちょっと長い春休みの、ぼくの宿題だ。

2　七段飾《だんかざ》り

自分の部屋として借りた和室に、とりあえず荷物を片付《かたづ》けたぼくは、一階を探検《たんけん》することにした。自分の家にいたときは、とてもそんな気分にはなれなかったのだから、すでにぼくは少し元気になってきているのかもしれない。

縁側《えんがわ》に出て、となりの部屋の障子《しょうじ》をあけたぼくは、息をのんだ。

「あ、ひなまつり」

思わずそういってしまったけれど、正確《せいかく》には、ひな人形だ。和室にひな人形が飾《かざ》られていた。一、二、三、四、五、六、七。立派《りっぱ》な七段飾《だんかざ》りだった。

そう、ちょうど今日は三月三日のひなまつりなのだ。

毎年この時期になると、ぼくの家にもひな人形が飾《かざ》られている。翼がほし

いといったからだ。翼はぼくの弟だけど、低学年のころ、ひな人形をほしがった。

「べつに男の子がひなまつりしたっていいのよ。希望があればね」

おかあさんはそういって、翼が希望したひな人形を買ってあげた。それは、男雛《おびな》と女雛《めびな》と三人官女と五人囃子《ばやし》までの、三段飾《だんかざ》りのひな人形だった。まぁ、うちのマンションに七段飾《だんかざ》りをおくスペースはないわけだけど、今思えば、翼なりに遠慮《えんりょ》した結果なのかもしれなかった。ひな人形って、きっとけっこう高いんだろう。翼はそのひな人形を、四年生になった今も大切にしている。

ぼくは息をすって、ゆっくりはいて、そして障子《しょうじ》をそっと閉《し》めた。

きっかけがなんだったのか、よくわからない。

ある日、朝起きたら、もう学校には行けないと思った。

いじめにあっているわけではない。友だちはふつうにいるし、うまくいっていないわけでもないし、先生も特に嫌《きら》いじゃないし、勉強は好きではないけど苦手というほどでもない。

ただ、もう行けないと思っただけ。

それが甘《あま》えだといわれれば、そうなのかもしれない。でも、とにかく、ただ、行けないのだった。行けないのだから、しょうがない。

家から出られなくなってひと月たった。ゲームばかりしていたけれど、特にゲームがしたいからしていたわけではなかった。ほかにすることがなかったからだ。することがないと、学校のことを考えてしまう。学校のことを考えると、はやくなんとかしなくちゃと、あせってしまって、かえってよくない。そこで、ゲームよりは健康的な気分転換《てんかん》として、おじいちゃんの家に行かされることになった。

いつまでもこのままではいられない。
おとうさんとおかあさんがそういわなくても、
そう考えているんだろうなということは、
なんとなくわかっている。
あと一か月で、前みたいに学校にもどれるだろうか。
なんだか絶望的《ぜつぼうてき》だ。
こうなった理由がわからないのだから、
対策《たいさく》のたてようがない。

そのとき、長い縁側《えんがわ》の奥《おく》のほうから、何かがきこえてきた。音楽みたいだった。

「あれっ、これって……」

ぼくは縁側《えんがわ》に立って、奥《おく》の廊下《ろうか》を見つめた。縁側《えんがわ》は明るいけれど、奥《おく》の廊《ろう》下《か》は薄暗《うすぐら》い。

どこかできいた覚えがあった。それも、つい最近だ。

日本っぽくて、宇宙《うちゅう》っぽい……。

思い出した！　そば屋できいた音楽に似《に》てるんだ。

なんだっけ。そう、ガガク、雅楽《ががく》だ。

同じ曲ではない気がするけれど、同じ楽器を使っているのかもしれない。

おとうさんに楽器の名前までは確認《かくにん》しなかった。なんとなく、古くからあるような楽器のイメージだ。

奥《おく》の部屋に、だれかがいるんだろうか。機械から流れてくるというよりは、人が演奏《えんそう》している気配を感じる。

ぼくは吸《す》い寄《よ》せられるように、廊下《ろうか》の奥《おく》へ歩いていった。

廊下《ろうか》の奥《おく》のふすまをあけると、そこに男の人がいた。

おじいちゃんだった。

同時に、音楽はぴたりときこえなくなってしまった。

「あれぇ？　今、何かきこえなかった？」

ぼくがきくと、おじいちゃんは首をかしげた。

「いや、何もきこえなかったよ」

「へんなの。あ、おじいちゃん、むこうの部屋にある、ひな人形を見たよ。大きいね」

「ああ……」

おじいちゃんは、なぜか少しさみしそうな雰囲気《ふんいき》で、うなずいた。そうか、あのひな人形はきっとおかあさんのものだから、お嫁《よめ》に行っちゃってさみしいってことかな。

「あのひな人形って、おかあさんが子どものころのでしょ？」

「いや、違《ちが》うんだよ」

「えっ、違《ちが》うの？」

「ああ」

おじいちゃんがそれ以上何もいわないので、何かいけないことをきいてしまったような気がしてきた。

おじいちゃんは、そのままひな人形の部屋に行こうとしているみたいだったので、ぼくもそれについていく。

さっきの和室に入って、ぼくはもう一度ひな人形を見た。

本当に立派《りっぱ》なひな人形だ。

「これは幸《みゆき》のじゃないんだ」

幸《みゆき》、というのは、おかあさんの名前だ。この家の人たちは、一文字の名前

がついている人が多い。おかあさんが幸《みゆき》、おじさん（おかあさんのおにいさん）は努《つとむ》、おじいちゃんが勇《いさむ》だ。それに、ぼくは翔で、弟が翼。おとうさんだけ、幸《こ》羽《う》という。おとうさんもおかあさんも、「幸」という漢字が入っている名前で、それがきっかけで仲良くなったんだって、きいたことがある。

「おかあさんのじゃないって？
じゃあ、おばあちゃんの？」

おじいちゃんは笑った。

「いやいや、そうじゃない。
そんなに古いものじゃない。
これは調《しらべ》の人形だから」

3　ふしぎな音色

おかあさんには、努おじさんのほかに、もうひとりおにいさんがいた。

そのことは、ぼくも知っていたけれど、その人のことは、うちでは話してはいけないことになっている。どうしてかは、わからない。なんとなく、そういう雰囲気《ふんいき》だから。大人たちが隠《かく》すものって、あんがいすぐに伝わってくるのだ。

「調《しらべ》って……、調おじさんのこと？」

「そう。翔は調を知っているんだね」

「名前だけ。若《わか》いころに亡《な》くなったってきいた」

それ以外のことは何も知らない。おじいちゃんと、その人のことについて話すのも、これがはじめてだ。

「何歳《なんさい》で亡《な》くなったの？」

「二十一」

ぼくはびっくりした。そんなに若《わか》かったとは思っていなかった。

「ど……」

どうして亡《な》くなったの、という言葉を、ぼくはギリギリのところでのみこんだ。以前、おかあさんにそれをきいたら、はぐらかされて答えてもらえなかったことを、思い出したからだ。そこで、

「どんな人だったの？」

かわりにそうきいた。すると、おじいちゃんが一瞬《いっしゅん》だまったので、ぼくはドキッとした。まずかったかな。

だけどおじいちゃんは、すぐに笑顔《えがお》になって、返事してくれた。

「まじめな子だったよ。
音楽が好きだった。
幸《みゆき》と一緒《いっしょ》にピアノを習っていてね」
「ええっ、
おかあさん、ピアノひけるの？」
知らなかった。
びっくりした。
そこからはおかあさんの
子どものころの
習い事の話になって、
調おじさんの話は終わってしまった。
話題がそれて、少しだけほっとした。

その日の夜ご飯は、お寿司《すし》だった。おじいちゃんがお寿司屋《すしや》さんにたのんでくれたのだ。おじいちゃんはお酒をのんで、うれしそうだった。上機嫌《じょうきげん》で、おかあさんや努おじさんが子どものころの話を、たくさんきかせてくれた。だから、調おじさんのこともう少しきいてみようかと思ったけれど、また変な雰囲気《ふんいき》になったら嫌《いや》だったから、やめておいた。

ぼくがこの家に来ていること、もしかしたら少しくらいは迷惑《めいわく》なのかなとも思っていたから、ぼくはちょっとだけ心が軽くなったのだった。

お風呂《ふろ》に入って、寝《ね》る前にトイレに行こうとしたら、まただ。

あの音楽がきこえてきた。

さすがに変だとわかった。もう夜遅《おそ》い。

こんな大きな音量で楽器をやっていい時間じゃないと思う。

どこからきこえてくるんだろう。

ぼくはまた吸《す》い寄《よ》せられるように、真っ暗な廊下《ろうか》を進んでいった。ふしぎだけど、怖《こわ》い感じはしなかった。

さっきおじいちゃんがいた奥《おく》の部屋から、音楽はきこえてきた。今度は、縁側《えんがわ》があるほうではなく、トイレがあるほうの内側から、中に入ることになる。

ふすまをあけたぼくは、

（あっ……！）

心の中で叫《さけ》んだ。

そこにいたのは、知らない男の人だった。
電気はついていないみたいなのに、
その人のまわりだけ、
うすぼんやりと白く明るい。

その人は、変わった和服を着て、
楽器のようなものを口に当てていた。
笛、みたいなものだろうか。
竹のような細いものが、天井《てんじょう》にむかって
いくつも伸《の》びている。見たことのない楽器だった。

「きみ、だれ？」

いつのまにか音楽は止まっていた。だれ、ときいたのは、ぼくではなくて、その男の人だ。大学生くらいに見える。

「あ、ぼく、ぼくは、この家の孫です」

こんな時間にこんなところで楽器を吹《ふ》いているなんて（笛っぽいから、吹《ふ》いている、でいいだろうか）、どう考えても絶対《ぜったい》におかしいのに、ふつうに答えてしまった自分がおかしい。

「そうか、きみがマゴかあ」

マゴというのが、何か新種の動物のような響《ひび》きできこえてきた。男の人は、細い目をさらに細くして笑った。うわ、なんだかいい人そう。その人は、左の目の下に、少し大きなホクロがあった。

「ぼくは、調。しらべると書いて、調という名前だよ」

やっぱりなぁ。ぼくはそれほど驚《おどろ》かなかった。おじいちゃんと話をしてから、そんなような気がしていたのだった。

この人は、調おじさん。二十一歳《さい》で亡《な》くなった、おかあさんのおにいさんだ。

4　翔と調

「それって、楽器？」

ぼくが近寄《ちかよ》ってきくと、おにいさんは楽器をぼくに見せてくれた。おじさんと呼《よ》ぶのは失礼な気がするから、調くんと呼《よ》ぶことにしよう。

「これは、笙《しょう》という楽器です」

調くんはそういった。

「ショウ？　ぼく、翔っていうんだ。飛翔《ひしょう》のショウで翔」

「へぇ、この楽器と同じ名前なのかい。それは愉快《ゆかい》だ」

「雅楽《ががく》っていうんでしょ？　おとうさんがそういってた」

調くんはうなずいた。

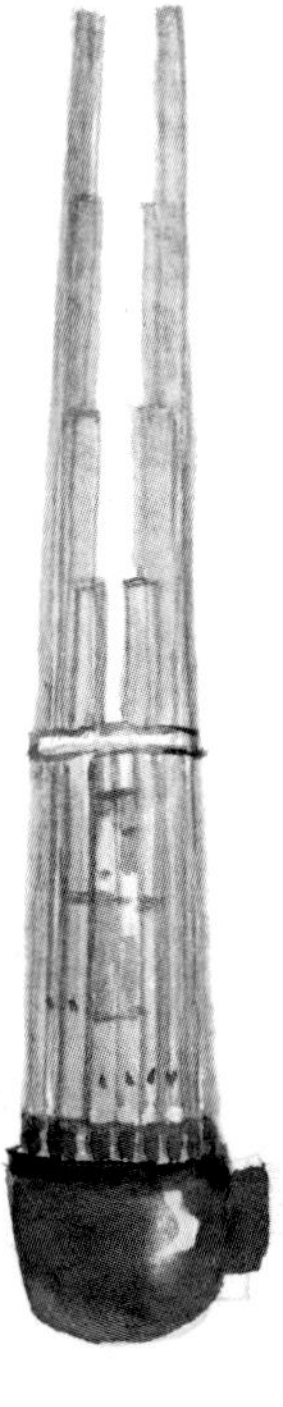

「笙《しょう》は、中国大陸から伝わり、千年以上前から受《う》け継《つ》がれてきた、日本の伝《でん》統《とう》楽器です。雅《が》楽《がく》は平《へい》安《あん》時代の貴《き》族《ぞく》にとっては日《にち》常《じょう》的《てき》な音楽でした。今だと、お寺や神社のおまつりなんかで、きいたことがあるんじゃないかな」

「ぼくは、そば屋さんできいたよ」

「なるほど」

「それで、どうしてここで笙《しょう》を吹《ふ》いているの？」

「古いものを大切にする気持ちを知りたいから、かな。それに、今夜は特別な夜だから」

調くんはその楽器を、手元でくるくるまわしはじめた。よく見たら、そのすぐ下に、火《ひ》鉢《ばち》がおいてあるのだった。

「もしかして、あたためているの？」

「そう。頭《かしら》の中が水気でいっぱいになると、音色が悪くなるので、乾燥《かんそう》させなくてはいけない。ちょっとめんどうだよね」

「かしら？　かしらって何？　その、お椀《わん》みたいな部分のこと？」

「『頭《かしら》』は、吹《ふ》き口《くち》のある部分の名前です。たしかに、お椀《わん》に見えますね」

見れば見るほど、おもしろい形だ。黒い「頭《かしら》」から、たくさんの細い竹の管が伸《の》びている。ひっくりかえすと、クラゲみたいに見える。そういったら、調くんはくすくす笑った。

「翔くんはおもしろいことをいいますね」

笙《しょう》の「頭《かしら》」は、クラゲでいうと、ふんわりしている傘《かさ》の部分だ。そこから伸《の》びている竹は、クラゲだったら足かな。あ、でも、あれは実はクラゲの足

ではなくて、腕《うで》なんだって。動物図鑑《ずかん》で見たことがある。調くんは、クラゲの腕《うで》を指で触《さわ》った。

「このように、頭《かしら》には細竹が何本もさしこまれています。それぞれの竹の根元には、リードがついていて、すべて違《ちが》った音が出ます。こうやって吹《ふ》き口《くち》に口を当て、気流を起こし、リードを振動《しんどう》させます」

「リード？」

「金属《きんぞく》の薄《うす》い板のようなもの、と考えてください」

調くんはもう一度、そのふしぎな音色をきかせてくれた。

「すごくきれいな音だね。やわらかいっていうか、やさしいっていうか」

ぼくがほめると、調くんは目を輝《かがや》かせた。

「そうでしょう。万物《ばんぶつ》の生まれるときの音、と表現《ひょうげん》されることもあります。天からふりそそぐ光が音になった、とかね。神秘的《しんぴてき》な音色なんだ」

「わかる。でも、変わった形だよね」

「鳳凰《ほうおう》が羽を休めている姿《すがた》、ともいわれますね」

「ホウオウ？」

「神話に出てくる伝説の鳥。そこから、笙《しょう》は『鳳笙《ほうしょう》』とも呼《よ》ばれます。きっと、この竹の部分が、休めている羽に見えるんでしょうねぇ」

「それ、何本あるの？」

「十七本。この中の十五本にリードがついていて、音が鳴るんだ」

「残りの二本は飾《かざ》り？」

「その昔、中国大陸から伝わってきたころは、十七本すべてにリードがついていたらしいです。その後、日本の音楽にあわせて、そのうちの二本からリードが取り外されました」

「へぇ」

なんだかかわいそうな感じがする。仕事がなくなってしまった二本の竹を思って、ぼくはしんみりした。

「実は、その二本の竹管の名前を、『也《や》』と『毛《もう》』といいます。やもう、が変化して、やぼ、になったとか。……野暮《やぼ》って知ってる？」

「野暮《やぼ》なこときくなよ」

ぼくは例としていったつもりだったけど、調くんへのツッコミのようにもなってしまった。それで、ぼくたちは笑った。

「そうそう。風流でないことを、野暮《やぼ》っていうんだよね」

「ねぇ、もう一回吹《ふ》いてみせてよ」

ぼくがお願いすると、調くんはもう一度、笙《しょう》の音色をきかせてくれた。本当に美しい音だと思う。ひとつの楽器なのに、和音のようにきこえる。竹の下のほうには穴《あな》があいていて、それをふさいだりあけたりして、調くんは音を変えていた。楽器のことがわかったせいか、今度はさっきまでとは少し違《ちが》う雰囲気《ふんいき》にきこえた。

しばらくきいていて、ぼくはハッと気がついた。

「あれ、息継《いきつ》ぎしてないね」

リコーダーを吹《ふ》くときは、ときどき息継《いきつ》ぎしないと続けられない。

調くんは、にこっと笑って教えてくれた。

「よく気がつきましたね。吸《す》っても吹《ふ》いても同じ音が出るのが笙《しょう》の特徴《とくちょう》です。だから、息継《いきつ》ぎなしで、ずっと演奏《えんそう》できるんだ」

「へぇ、便利だねぇ。それで、雅楽《ががく》の楽器って、笙《しょう》のほかには何があるの？」

「篳篥《ひちりき》、龍笛《りゅうてき》、琵琶《びわ》、箏《そう》、和琴《わごん》、太鼓《たいこ》、などなど」

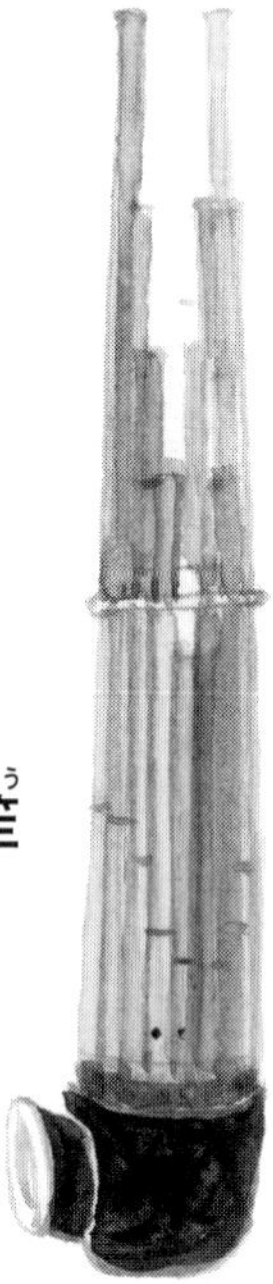

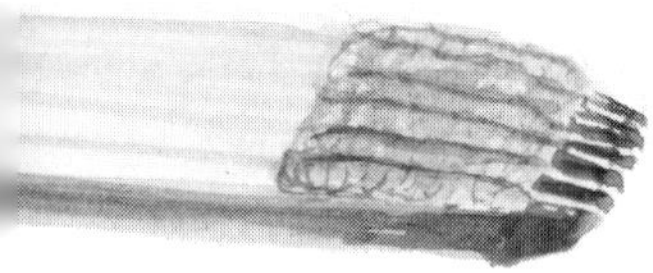

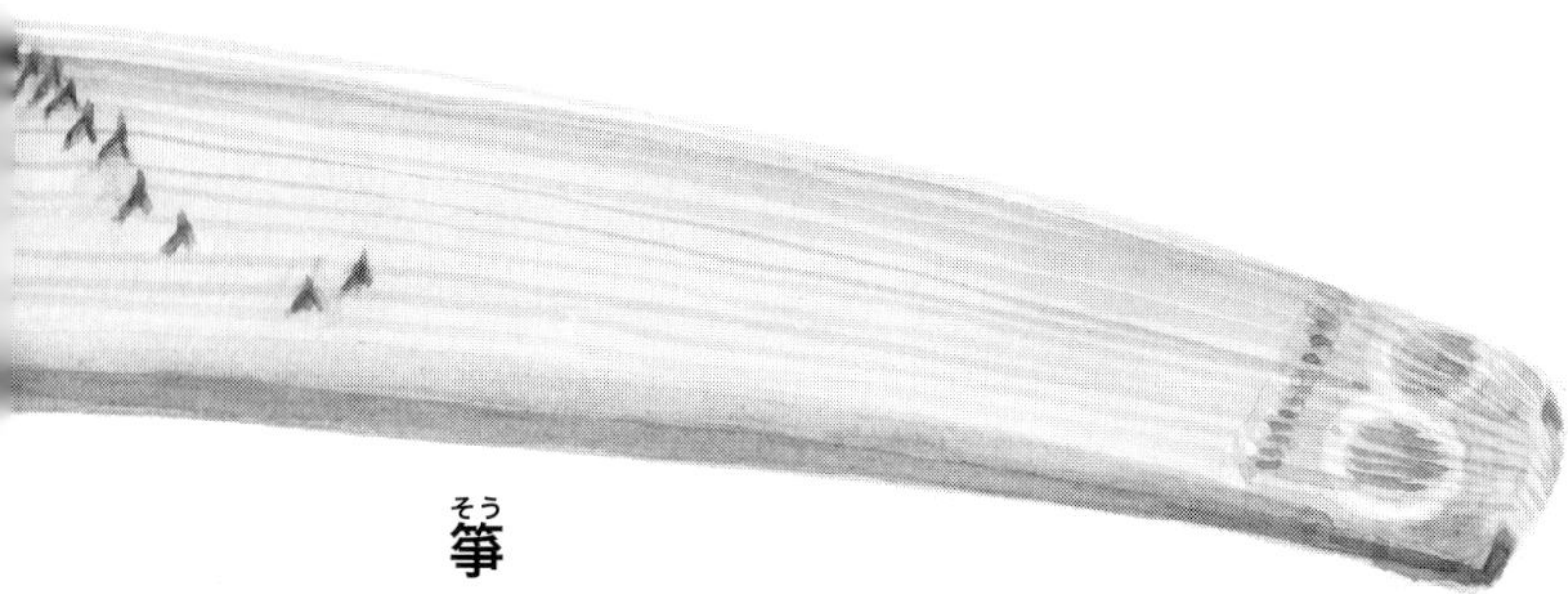

「うわ、むずかしい。響《ひび》きがもう、むずかしい。太鼓《たいこ》しかわからないよ。あと、琵琶《びわ》もきいたことがあるかも。でも、果物でしょ？」

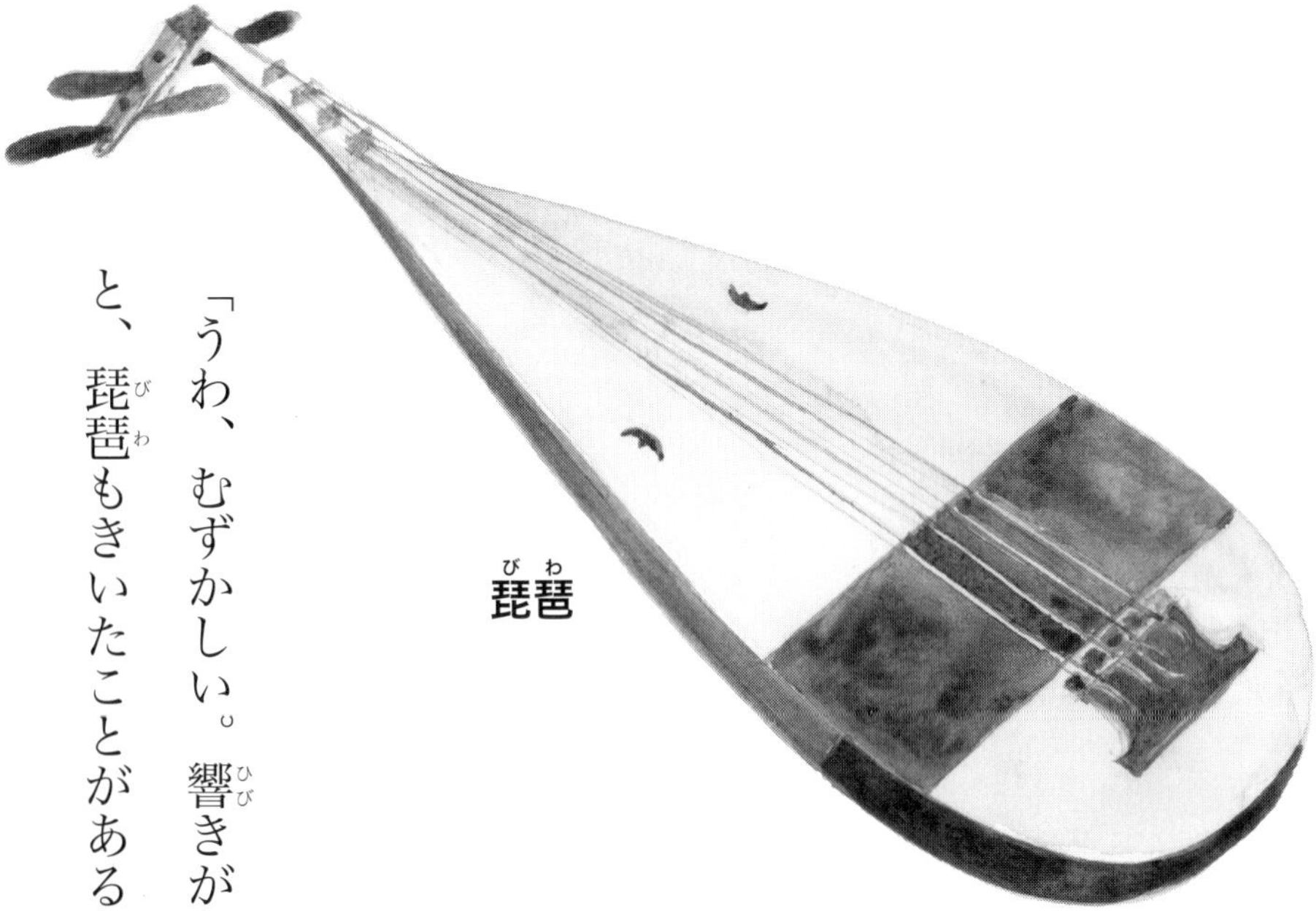

琵琶《びわ》

和琴《わごん》

太鼓《たいこ》

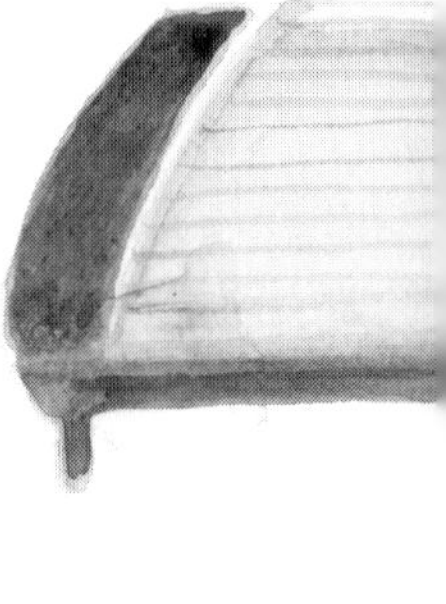

「楽器の琵琶《びわ》の形をしている果物だから、枇杷《びわ》という名前がついたんだよ」

「ええっ、逆《ぎゃく》じゃなくて？　果物よりも楽器が古いの？」

「あっはっは」

調くんは笑って、「そう、うんと古いんだ」といった。

「千年以上も昔から、変わらずに続いてきた音楽って、すごいよね。もとは中国大陸から伝わってきた音楽だけれど、あちらでは形が変わっていってしまった。それが日本では根強く形を変えずに残っている。これは、宮廷《きゅうてい》音楽として、宮中の行事で演奏《えんそう》され、長く長く伝えられてきたからなんだよ。世界最古のオーケストラ、なんていわれることもあります」

調くんは、目をきらきらさせながら、ぼくに雅楽《ががく》のことをたくさん教えてくれた。話はむずかしくて、半分くらいしかわからなかったけれど、調くんがたのしそうに話している様子を見るのが心地《ここち》よくて、ぼくはずっときいて

いたいと思ったんだ。
　そのときの調くんは、お酒を飲みながらお寿司《すし》を食べていたときのおじいちゃんと、ちょっとだけ似《に》ているような気がした。やっぱり親子なんだなぁと、ぼくはうれしい気持ちになったのだった。

5　努《つとむ》おじさん

「翔、なんだかちょっとやせたんじゃないか？」

おじいちゃんが心配そうにいうから、ぼくは笑ってしまった。

「まさか。一日でそんなに変わらないよ」

「昨日は、ちゃんと眠《ねむ》れたかい？」

「え？　うん、眠《ねむ》れたよ。って、おじいちゃんのとなりで、ちゃんと寝《ね》てたじゃないか。知ってるでしょ」

おじいちゃんが作ってくれた朝食の目玉焼きを食べながら、ぼくは早口でごまかした。

今朝、気がついたら、おじいちゃんのとなりのふとんで目が覚めた。まるで夢《ゆめ》を見ていたみたいに。
でも、夢《ゆめ》じゃないってことは、わかってる。
まだ耳の奥《おく》に残っている、笙《しょう》の音。
夢《ゆめ》なんかじゃない。
調くんは、きっとぼくに、
何かを伝えようとしているんだと思う。
考えこむぼくの横で、おじいちゃんがいった。
「今日は、努が来るよ」
「えっ、努おじさん？　何しに来るの？」
「仕事が休みの日は、用事がなくても
よく来るんだよ。近いからね。
ここから五キロってとこだ」

おかあさんのもうひとりのおにいさん、努おじさんは、大学の先生をしている。実はおじいちゃんも、昔はおかあさんと同じように中学校の先生だった。この家の人は、先生になる人が多いのだ。だからといって、ぼくが先生になりたいかというと、特になりたくはないし、ならないと思う。

調くんだったら、いい先生になりそうだなぁ。昨日の夜、ぼくに笙《しょう》のことを丁寧《ていねい》に教えてくれた。教えるのが好きそうな人だった。おじいちゃんにそういったら、よろこぶだろうか。

「でも、努おじさん、なんで休みなの？　平日だよ」

「今の時期、大学生はもう春休みだから、努もいつもより時間があるんだろう」

「大学生って、ぼくたちよりお休みが長いんでしょ？　変だよね？　子どものほうが休みが長いほうがいいじゃんね」

おじいちゃんは、ふふっと笑った。

「まぁ、小学生から見たらそうだろうな。でも、わたしから見れば、大学生もまだまだ子どもだ。それに、子ども時代が終わりに近づくと、学校での授業《じゅぎょう》のほかにも、やるべきことがたくさんあるんだよ」

ふーん、そういうものかなぁ。

「でも、ちょうどよかった。努おじさんにききたいことがあったんだよね」

「翔が努に？　何をききたいって？」

おじいちゃんは意外そうにぼくの顔をのぞきこんできた。しまった。

「いやその、おかあさんの子どものころの話とか」

「昨日、寿司《すし》を食べながらあんなに話したじゃないか」

「そうだけど、おにいさんの視点《してん》からの話もきかなくちゃ」

なんとかごまかした。あぶない、あぶない。

おじいちゃんはふと思い出したようにいった。

「ちょうど努が来る時間のころ、わたしは少し出かけようと思っていたんだ。ふたりきりで大丈夫《だいじょうぶ》かい？」

「大丈夫《だいじょうぶ》だよー」

それはちょうどいいや。今度は口に出さずに、ぼくはそう思った。

お昼すぎ、努おじさんは車でやってきた。

「翔、元気だったか？　いや、元気ってこともないのか。学校、休んでるんだって？」

おじいちゃんはぼくの前で学校の話題を出さなかったのに、努おじさんはサクッと切りこんできた。

「まぁね」

「おれも行かなかった時期があったよ。大丈夫《だいじょうぶ》、大丈夫《だいじょうぶ》」

「へぇ、先生なのに、行かなかったんだ？」

「そのころはまだ先生じゃなかったからな」

たしかにそうだな。ぼくは納得《なっとく》した。大学の先生なんていうと、学者って感じで、近寄《ちかよ》りがたい気がしてくるけど、おじさんはすごくきさくな人で話しやすいので、ぼくは大好きだ。

努おじさんは、畳《たたみ》の部屋で靴下《くつした》をぬいで、のんびりくつろぎはじめた。ぼくはそんなおじさんの横に正座《せいざ》して、話しかけた。

「努おじさんに、ききたいことがあるんだけど」

「なんだ？　あらたまって」

寝《ね》っ転《ころ》がっていた努おじさんは、ぼくの様子を見て、あわててぼくの前に正座《せいざ》した。

「調おじさんのこと」

「え？」

予想外の話題だったのか、努おじさんは口をあけたままでぼくの顔を見た。

「調のこと？　なんだよ、急に」

「おじいちゃんには、なんとなくききづらくてさ」

「ああー、なるほど」

ぼくが話すより前に、努おじさんは

ぼくがききたいことをわかってくれたみたいだった。ぼくがおじさんを話しやすいと思うのは、こういうところだ。

「調おじさんって、どうして亡《な》くなったの？」

「幸《みゆき》からは、どうきいてる？」

「おかあさんは、何も教えてくれなかった。若《わか》いころに亡《な》くなったってだけ」

「そうか。子どもが怖《こわ》がると思って、隠《かく》したのかもしれないな。こういうことは、隠《かく》したほうがよけいに怖《こわ》い気もするけど」

「え、怖《こわ》い理由なの？」

「突然死《とつぜんし》だったんだ。前の日まで元気だったのに、ある日突然《とつぜん》、倒《たお》れて死んでしまった。当時の医学では、理由がはっきりわからなかった。原因《げんいん》不明の心不全ってことになっている。そういう人は、昔も今も、ときどきいるんだよ」

突然死《とつぜんし》。それはたしかに、怖《こわ》いかもしれない。

おじさんはそれ以上何もいう気がないみたいだったので、ぼくはさらにきいた。

「となりの部屋のひな人形、調おじさんのだって、おじいちゃんがいってたけど」

「ああ、そうだな。買ってやればよかったって、おやじは後悔《こうかい》しているんだろう」

「調おじさん、ひな人形をほしがったの？」

「ずっと小さいころな」

ひな人形をほしがる男の子。翼と同じだなぁと、ぼくは思った。

「買ってやればよかったって、どういうこと？」

「調は子どものころから人形やぬいぐるみが好きだった。

おやじも、調が小さいころは、そういうものを買ってやってたよ。
でも、さすがにひな人形はだめだった。
あのころは、三月三日は
女の子限定《げんてい》のおまつりだったからね」
「今だってそうじゃん」
「でも今は、多様性《たようせい》の時代だろう。
翼はこの時代に生まれてラッキーだよ」
少し昔の時代を知る人たちは、
翼に対して、いつもそんな感じのことをいう。
でも、ラッキーだっていわれ続けるのも、
それはそれでけっこうつらい気がする。
おじさんは当時を思い出しているのか、遠くを見る目でいった。

「それに、調が中学生になったあたりからかな。そういう遊びはそろそろやめるように、おやじは厳《きび》しくいうようになった。あんなに早く死んでしまうなら、好きなことをさせてやればよかったって、後悔《こうかい》しているんだと思う。だからなんとなく、おれも幸《みゆき》も、おやじの前で調の話は、少ししづらいんだ」

「ふぅん、そうなんだ」

「男の子には男の子のものを、女の子には女の子のものを。それが当然だった時代がある。そういう過去《かこ》があった上で、今の自由があるってこと。おれたちはそれを忘《わす》れちゃいけないんだ」

「うん、ジェンダーレスっていうんでしょ？」

おじさんは、ちょっと感心してくれたみたいで、「お、よく知ってるな」とぼくをほめた。

「男女の差別をなくすことを指して、ジェンダーフリーともいう。守るべき伝統《でんとう》と、変えるべき風習と、よく考えて生きていかなきゃならない。新しいものを受け入れるのに、時間がかかる人もいる。すごく勇気がいることだから。それに、古くからあるものを続けてゆくこともまた、勇気だと思う。大切なのは、それをおたがいにゆずり合うことだと、おれは思うね」

さすが大学の先生だ。おじさんは、ちゃんとしたことをいっている。

「そのへんの考え方について、調とおやじはずっと対立してた。中学のときに、調がピアノを習いたいっていいだしたときも、おやじは反対してね」

ぼくはおじいちゃんがいっていたことを思い出した。おかあさんと一緒《いっしょ》にピアノを習っていたって。

「男なんだから、サッカーとか野球とかのほうがいいんじゃないか、なんていっていたな。あとは、空手とか。おやじは中学校で運動部の顧問《こもん》をしていたから、調にもやらせたかったんだろう」

「でも、ピアノは習えたんでしょう？」

「同時期に幸《みゆき》も習いたいっていったから、一緒《いっしょ》に通わせられるってことで、なんとかピアノは許《ゆる》してもらえたんだよ」

いろいろ窮屈《きゅうくつ》だったんだなぁ。

今は、男子だから、女子だからっていう理由で何かできないことがあると、問題になることがある。見方によっては、それはそれで窮屈《きゅうくつ》なのかもしれないけれど、つらい思いをする人がいるのは、やっぱりよくないよね。

「だからおやじは、調が死んでしまってから、ひな人形を買ったんじゃないかな。調のことを理解《りかい》しようとして」

もしかしたら、そうなのかもしれない。おじいちゃんの気持ちが伝わってきて、ぼくは胸《むね》が痛《いた》くなった。それに……。

「もしかしたら、調おじさんも、おじいちゃんのことを理解《りかい》しようとしているのかも」

「え？」

だって、雅楽《ががく》っていうすごく古くからあるものを、大切にしていたよ。

そのとき、どこかからまた、笙《しょう》の音色がきこえてきた。ぼくだけにしかきこえない、調くんの音楽。

調くんの写真は、きっとこの家に残っているんだと思う。努おじさんに今いえば、見せてもらえるだろう。でも、わざわざたしかめるのは、何か違《ちが》う気がした。それこそ、野暮《やぼ》なことっていうか……。

「きれいな音色だよな」

ぼくは心臓《しんぞう》が飛び出るくらいびっくりした。そういったのは、努おじさんだったからだ。

「えっ？　おじさん、きこえるの⁉」

「ああ、きこえるよ。ないしょな」

「ないしょって、だれに……？」

「だれにも」

おじさんは、正座《せいざ》していた足をくずして、また仰向《あおむ》けに横になった。

「やっぱり、調がいるのかもしれないなぁ」

おじさんはてのひらで目を覆《おお》った。もしかしたら、泣いているのをぼくに知られたくないから、涙《なみだ》がこぼれないように、横になったのかもしれない。

そうか、きっと努おじさんは、笙《しょう》の音がきこえてくるだけで、調くんに会ったことはないんだ。どうしよう、教えてあげたほうがいいのかな。

「おじさんには、いつからきこえるの？」

「ずっと昔から。でも、おれにだけだよ。おやじにも、幸《みゆき》にもきこえない。おふくろにもきこえなかったと思う。調がいるんじゃないかって、おれが大騒《おおさわ》ぎしてしまったら、二度ときこえなくなるような気がしてさ。それが怖《こわ》いんだ」

「そうかぁ」

大騒《おおさわ》ぎしないほうがいいなら、昨日のことはいわないほうがいいのかもしれない。

「だから、だれにもいわないでくれ。でも、もしかしておれの頭の中でだけ鳴っているのかもしれないって、最近は少し心配もしていた。だから、翔にもきこえているとわかって、本当によかったよ」

ぼくは特に泣きたいわけじゃなかったけれど、おじさんと同じように横になった。ぼくたちは畳《たたみ》の部屋に寝転《ねころ》んで、笙《しょう》の音色に耳をすました。

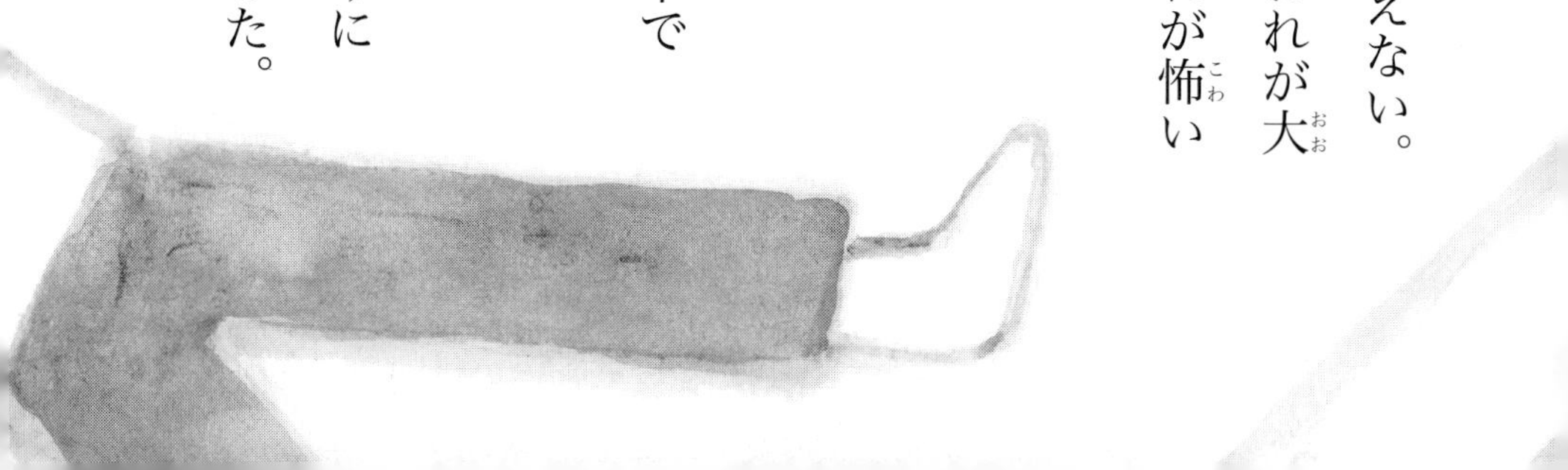

遠い遠い昔から変わらず伝わってきた、ふしぎな音色。
調くんは、調おじさんは、
どんな気持ちで笙《しょう》を吹《ふ》いているのだろう。
はっきりとはわからないけれど、
笙《しょう》の音色、調くんのしらべは、こんなにもやさしい。
「ずっときこえるといいね」
「そうだな」
「大丈夫《だいじょうぶ》だよ、きっと」
そうしているうちに、
畳《たたみ》のにおいも悪くないなと、
ぼくははじめてそんなふうに思った。

6　調くんのひな人形

三月下旬《げじゅん》、ぼくは家にもどることになった。

そういう約束だったし、そういう気分でもあった。もしかしたらぼくは、調くんに呼《よ》ばれてこの家に来たのかもしれない。

ひなまつりの夜に会って以来、調くんは一度もぼくの前に姿《すがた》を見せなかった。なんとなくわかるけど、調くんに会えることはもうないだろう。あの夜は特別だったんだ。

だけど、ふとしたときに笙《しょう》の音色はきこえてくる。次にここに来たときも、まだきこえるだろうか。きこえるといいな。

ぼくが帰る前に、おじいちゃんがひな人形をしまうというので、手伝うこ

とにした。よく晴れた日だった。

「たしか、すぐしまわないといけないっていう、迷信《めいしん》がなかった？」

「婚期《こんき》が遅《おく》れるっていうやつかい？　もう古い話だよ。そもそも、この家にこれから結婚《けっこん》する人は、もういない」

「そっか」

「せっかく飾《かざ》り付《つ》けるんだから、そんなにすぐしまったら、もったいないだろう」

「そうだね」

ぼくは、小さな毛ばたきで、人形についてしまったほこりをはらった。

「顔と手は触《さわ》っちゃいけないよ。指紋《しもん》がついたら大変だ」

「うん、わかってる」
翼と一緒《いっしょ》に片付《かたづ》けたことがあるから。
調くんのことを、いつか翼にだけは話してみたい気がする。翼と同じで、
ひな人形をほしがったおじさんのことを。

「翔が来た日、三月いっぱいはゆっくりしていきなさいと、
いったことを覚えているかい？」
三人官女を和紙でくるみながら、
おじいちゃんがいった。
「ああ、……うん」
四月になったらうちにもどれって、
いわれたような気がしたんだ。

「あのいい方は、よくなかったね。すまなかった」

ぼくはめんくらった。そんなことをいわれるとは思わなかったのだ。おじいちゃんは手をとめて、ぼくを見た。

「仕事をしていたころのくせだろうね。四月から新学期、それには間に合うように元気になってもらわなきゃって、どこかであせっていたんだ。かえって翔を追いつめてしまっただろう」

「うん、でも平気だよ」

たしかにおじいちゃんのいうとおりだったけど、調くんと努おじさんのおかげで、ぼくはこのとおり元気になったわけだし、もういいんだ。

「わたしは、翔がいてくれたほうが、うんとうれしいんだ。だからまたいつでもおいで」

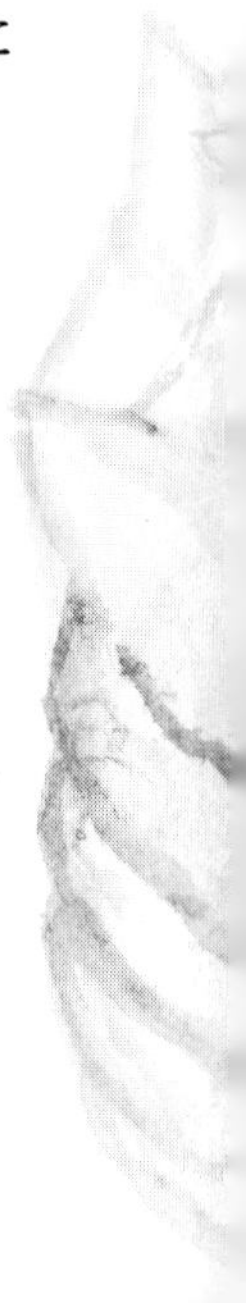

「うん」

「今度は翼も一緒《いっしょ》にね」

「……翼は、ひな人形を持っているんだよ。おかあさんが買ってくれたんだ」

ぼくがいうと、おじいちゃんは知っていたみたいで、何度もうなずいた。

「翼はよかったなぁ。調にも、生きているうちに買ってやるべきだったよ」

この言葉は、調くんに届《とど》いただろうか。

わからないけど、きっと届《とど》いたんじゃないかな。

届《とど》いていますように。

「おじいちゃん、努おじさんが今度来たら、お礼をいっておいてよ」

「ん？　なんのお礼だい？」

「まぁ、いろいろとね。……あれ？」

五人囃子《ばやし》のひとりを片付《かたづ》けようとしたぼくは、ふと気がついた。

「この楽器……」

その人形は、小さな笙《しょう》を持っていた。調くんのと同じだ。

だけど、うちのひな人形には、
笙《しょう》を持っている人形なんて、いなかったような気がする。

それに、よく見たらこの人形だけじゃない……！

思いもよらない発見をして、ぼくは興奮《こうふん》した。

「今まで気がつかなかったけど、この五人囃子《ばやし》は、うちの五人囃子《ばやし》と、持っている楽器が違《ちが》う。それに、この五人囃子《ばやし》、よく見たら大人だね。五人囃《ばや》子《し》って、ふつうは子どもの人形でしょう？」

おじいちゃんは、ほう、と驚《おどろ》いた声をあげた。

「翔は細かいところをよく見ているな。これは、調が大人になって、亡《な》く

なってから買った人形だからね。

わざと大人っぽい雰囲気《ふんいき》のものを選んだんだ。

これは五人囃子《ばやし》じゃなくて、五楽人《ごがくにん》っていうんだよ」

「五楽人？」

おじいちゃんは、
その五楽人のひとりを手にとって、
顔に傷《きず》がつかないように、丁寧《ていねい》に和紙をかけた。

「そういわれると、めずらしいタイプのひな人形なのかもしれないな。五人囃子《ばやし》は少年たちが能楽《のうがく》を、五楽人は成人男性《だんせい》が雅楽《ががく》を奏《かな》でているらしい」

「雅楽《ががく》……！」

ぼくはくらっとして、思わず頭をかかえた。

そんなぼくの様子には気づかず、おじいちゃんは話を続ける。
「そもそも、ひな人形って、
何をしている人形だか知ってるかい？」
知らないけど、見たままだとしたら、もしかして……。
「もしかして、結婚式《けっこんしき》？」
「そのとおり。天皇皇后《てんのうこうごう》の結婚式《けっこんしき》を模《も》したものなんだよ。
本来、宮中行事で演奏《えんそう》されるのは『能楽《のうがく》』ではなく『雅楽《ががく》』だ。
だから、現実的《げんじつてき》に考えるなら、ひな人形の中にいるのは、
五人囃子《ばやし》ではなく五楽人であるのが正しいということ」
「じゃあ、五楽人は、
演奏《えんそう》で結婚式《けっこんしき》を盛《も》り上《あ》げているんだね。
でも、どうして五人囃子《ばやし》のほうが有名なのかな。

ひなまつりの歌に出てくるのも、五人囃子《ばやし》だよね」

「江戸《えど》時代に能楽《のうがく》が流行したことがきっかけ、ともいわれているね」

「ふぅん……、あれ？」

そのとき、ぼくは気がついた。笙《しょう》を持っているその人形。なんと、左目の下に、小さな小さなホクロがあるのだった。

ぼくは信じられない気持ちでその人形を手にとった。

「調くん、ここにいたんだ」

「え？」

おじいちゃんが手をとめてぼくを見た。

そのとき、ぼくに応《こた》えるように、またどこかから笙《しょう》の音がきこえてきたんだ。天からふりそそぐ光が音になった、って、調くんはいってたね。そのせ

いか、ぼくはその音にやさしく包まれたように感じた。あたたかい光だ。

じっと見ていたら、人形の口もとが、

「秘密《ひみつ》ですよ」と、小さく動いたような気もしたけれど、それはきっと気のせい。

「調おじさん、ひな人形を買ってもらえて、きっとよろこんでいると思うよ」

「……わたしも、そうならいいと思っているよ」

一瞬《いっしゅん》、すべてを話してしまいたくなったけど、努おじさんとの約束がある。大騒《おおさわ》ぎしちゃいけないんだ。ぼくだって、ずっとこの音をきいていたいしね。

「翔にもきこえるんだなぁ」

おじいちゃんが小声でそういったけど、だからぼくはきこえないふりをした。また来年ね。心の中でそう声をかけて、ぼくはその人形を箱にしまった。

おはなし日本文化ひとくちメモ

「雅楽《ががく》」は大陸文化と日本固有の文化がまざり生まれた世界最古のオーケストラ

国の重要無形文化財《ぶんかざい》に指定されている「雅楽《ががく》」。その魅力《みりょく》は、西洋音楽とはことなる音階や、独特《どくとく》の楽器が奏《かな》でる音色にあります。鳳凰《ほうおう》や龍《りゅう》にたとえられる楽器を見てみましょう。

神秘的《しんぴてき》な雅楽《ががく》をもっと楽しもう！

雅楽《ががく》は千三百年以上の歴史《れきし》を持つ日本の伝統《でんとう》音楽です。朝鮮《ちょうせん》半島や中国などから日本に伝えられたといわれています。明治《めいじ》になるまでは、宮廷《きゅうてい》や神社など限《かぎ》られた場所でしか触《ふ》れることはできませんでしたが、今ではより身近な音楽になりました。翔《しょう》は「宇宙《うちゅう》っぽいようなふしぎな音楽」といっていましたね。西洋音楽とはことなる独特《どくとく》な音階、リズム、音のゆらぎが魅力《みりょく》です。その音色で、人間を超《こ》えた神様の世界や、日本の四季の移《うつ》り変《か》わり、自然の豊《ゆた》かさなどを表現《ひょうげん》しています。

雅楽器《ががっき》である笙《しょう》を演奏《えんそう》する調《しらべ》は、その音色を「万物《ばんぶつ》の生まれるときの音」「天からふりそそぐ光が音になった」ともいっています。和音が出せる雅楽器《ががっき》は笙《しょう》だけで、吹《ふ》いても吸《す》っても音が出るのも、特徴《とくちょう》です。

笙《しょう》

鳳凰《ほうおう》が羽を休めている姿《すがた》のように
見えることから、鳳笙《ほうしょう》とも呼《よ》ばれます。
オルガンのようなやわらかい音を出します。

篳篥《ひちりき》

長さ約 18 センチメートルの縦笛《たてぶえ》。
男性《だんせい》の声に近い音域《おんいき》で、豊《ゆた》かに響《ひび》きます。

龍笛《りゅうてき》

横笛。低い音から高い音まで
駆《か》け抜《ぬ》ける音色は
「舞《ま》い立《た》ち昇《のぼ》る龍《りゅう》の鳴き声」
といわれます。

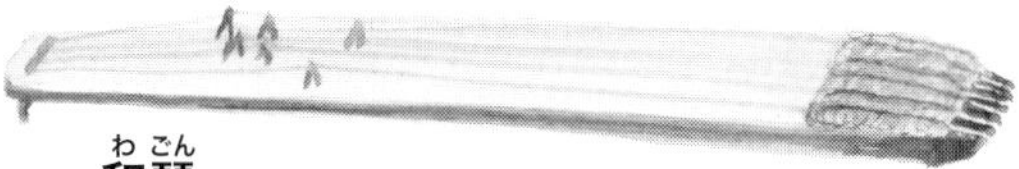

和琴《わごん》

右手に持ったバチと左手の指で、
弦《げん》を響《ひび》かせます。

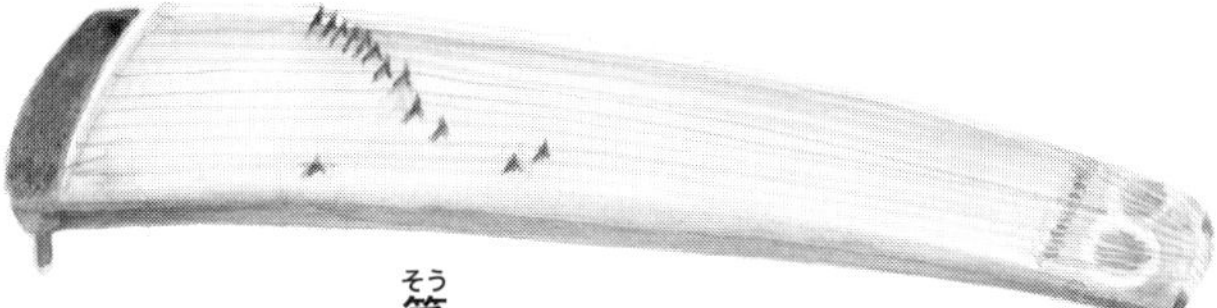

箏《そう》

木製《もくせい》の長い胴《どう》に張《は》った弦《げん》を
指にはめた爪《つめ》で鳴らします。

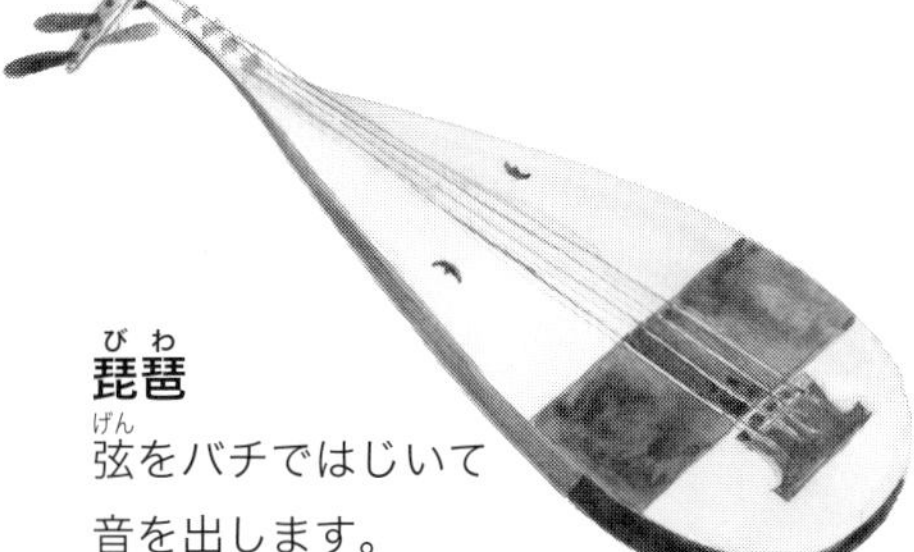

琵琶《びわ》

弦《げん》をバチではじいて
音を出します。

太鼓《たいこ》

座《すわ》って打つ楽太鼓《がくだいこ》と
直径約２メートルもある
大太鼓《だだいこ》があります。

雅楽《ががく》の歴史

飛鳥《あすか》時代

・朝鮮《ちょうせん》半島や中国から楽人《がくにん》（演奏家《えんそうか》）がやってくる。

・雅楽寮《ががくりょう》が置かれ、宮廷《きゅうてい》音楽として守られるようになる。

奈良《なら》・平安《へいあん》時代

・儀式《ぎしき》の場で演奏《えんそう》されていた雅楽《ががく》の曲が、天皇《てんのう》や貴族《きぞく》にも愛される。

・日本独自《どくじ》の曲や歌が増えていく。

鎌倉《かまくら》・室町《むろまち》時代

・武家《ぶけ》の時代になり、武士《ぶし》たちによって全国各地に雅楽《ががく》が広まる。

・十一年間続いた応仁《おうにん》の乱《らん》によって京都《きょうと》は荒《あ》れ果《は》て、楽家《がっけ》（雅楽《ががく》を演奏《えんそう》する特定の家系《かけい》）はすた

貴族《きぞく》に愛されてきた音楽

雅楽《ががく》が千三百年以上も受《う》け継《つ》がれてきたのは、それぞれの時代の権力者《けんりょくしゃ》に愛され、大事にされてきたからです。飛鳥時代には、雅楽寮《ががくりょう》という組織《そしき》がつくられ、宮廷《きゅうてい》音楽の演奏家《えんそうか》として楽人《がくにん》を育てました。雅楽《ががく》の伝承《でんしょう》は、父から子へと行われたため、「楽家《がっけ》」という雅楽《ががく》を演奏《えんそう》する特定の家系《かけい》も生まれました。今では、だれでも雅楽奏《ががくそう》者《しゃ》を目指すことができます。

古典文学に登場する美しい音色

古典文学には雅楽《ががく》について書かれた話が

れた。

江戸《えど》時代

・徳川幕府《とくがわばくふ》は、日光東照宮《にっこうとうしょうぐう》に楽人《がくにん》を置き、手厚《てあつ》く守り、雅楽《ががく》は復興《ふっこう》した。

・雅楽《ががく》が町民や農民の間でも愛されるようになる。

明治・大正《たいしょう》

・雅楽局《ががくきょく》がつくられる。

・出身のことなる楽人《がくにん》が雅楽局《ががくきょく》に集められて、流《りゅう》儀《ぎ》を統一《とういつ》するようになる。

・楽家《がっけ》以外の人々も雅楽《ががく》が学べるようになる。

昭和《しょうわ》

・雅楽《ががく》が国の重要無形文化財《ぶんかざい》に選ばれる。

平成《へいせい》

・雅楽《ががく》がユネスコの「人類の無形文化遺産《いさん》の代表的な一覧表《いちらんひょう》」にのる。

あります。平安時代に活躍《かつやく》した清少納言《せいしょうなごん》の書いた『枕草子《まくらのそうし》』では、月夜にきく笙《しょう》の笛の音色が素晴《すば》らしいと書かれています。

同じ時代に生きた紫式部《むらさきしきぶ》の『源氏物語《げんじものがたり》』の巻《かん》のタイトルには、雅楽《ががく》の曲名がつけられているぐらいに雅楽《ががく》は身近なものでした。主人公である光源氏《ひかるげんじ》が雅楽《ががく》の「青海波《せいがいは》」という舞《まい》を見せる姿《すがた》は、恐《おそ》ろしいほど美しいと描《えが》かれています。

日本各地でひらかれているおまつりでも、雅楽《ががく》をきく機会があります。この日本古来の貴重《きちょう》な音楽に、チャンスがあればぜひ触《ふ》れてみてください。

戸森しるこ｜ともり しるこ

1984年、埼玉県生まれ。武蔵大学経済学部経営学科卒業。東京都在住。『ぼくたちのリアル』で第56回講談社児童文学新人賞を受賞し、デビュー。同作は児童文芸新人賞、産経児童出版文化賞フジテレビ賞を受賞。『ゆかいな床井くん』で第57回野間児童文芸賞を受賞。その他の作品に『十一月のマーブル』『ぼくらは星を見つけた』（以上、講談社）、『しかくいまち』（理論社）、『れんこちゃんのさがしもの』（福音館書店）、『ジャノメ』（静山社）、『ココロノナカノノノ』（光村図書）、『ミリとふしぎなクスクスさん〜パスタの国の革命〜』（ポプラ社）など。教科書掲載作品に「セミロングホームルーム」（三省堂·令和７年度版『現代の国語２』）、「おにぎり石の伝説」（東京書籍·令和６年度版『新編　新しい国語五』）がある。

松成真理子｜まつなり まりこ

1959年、大分県生まれ。大阪府出身。京都芸術短期大学卒業。イラストレーター、絵本作家。『まいごのどんぐり』（童心社）で第32回児童文芸新人賞を受賞。主な作品に『じいじのさくら山』『ふでばこのなかのキルル』（いずれも白泉社）、『ころんちゃん』（アリス館）、『ぼくのくつ』『せいちゃん』（いずれもひさかたチャイルド）、『はるねこ』『たなばたまつり』『はらぺこペンギンのぼうけん』（以上、講談社）などがある。『さくらの谷』（富安陽子・文、偕成社）で第52回講談社絵本賞受賞。紙芝居や童話の挿絵も多数手がけている。

参考資料
・『雅楽のひみつ　―見かた・楽しみかたがわかる本―』日本雅樂會監修（メイツ出版）
・『カラー図解　和楽器の世界』西川浩平（河出書房新社）
・『子どもに伝えたい和の技術６　和楽器』和の技術を知る会（文溪堂）

おはなし日本文化《にほんぶんか》　雅楽《ががく》
ひなまつりの夜《よる》の秘密《ひみつ》

2025年2月20日　第1刷発行

作　戸森《ともり》しるこ
絵　松成真理子《まつなりまりこ》

発行者　安永尚人
発行所　株式会社講談社
〒112-8001 東京都文京区音羽2-12-21
電話　編集 03-5395-3535
　　　販売 03-5395-3625
　　　業務 03-5395-3615
印刷所　共同印刷株式会社
製本所　島田製本株式会社

KODANSHA

N.D.C.913 79p 22cm ©Circo Tomori / Mariko Matsunari 2025 Printed in Japan ISBN978-4-06-538388-9

ブックデザイン／脇田明日香　コラム／編集部